KB268157

오는 향기를 가로막지 말라

오는 향기를 가로막지 말라

채수영

새미

시골에서 땅을 파고 씨를 뿌리면서 시 쓰기의 유사성에 놀란다. 봄에 파종(播種)을 하면 싹이 소식을 전해오면서 기쁨을 준다는 일과 시에 몰입(沒入)하면 시 또한 손짓을 보내는 일에서 같다는 뜻이다. 어느 경우도 땀과 열정이 소득을 올린다는 평범함이야 새삼스러운 일이 아닐지라도 시 앞에 경건한 기원을 가상하게 생각하는 시신(詩神)이 협량(狹量)한 나의 영토에 소득을 전달해주는 일은 기쁨의 원천이다. 비록 쭉정이가 태반일지라도 내 영혼의 성(城)안에 다가온 이름들이기에 소중함 또한 애착이 간다. 더구나 이제 나를 나로 바라보는 일에 어느 정도 숙달된 생의 깊이에서 왜곡의 그늘을 벗어났다는 자만이 궁색한 변명으로 들리지 않기를 소망한다.

제11시집『장자의 사막 횡단법』이후 시를 완성한 순서로 편집했음을 밝히는 이유는 내 삶의 일상이 시와 밀착된 기록임을 확인하는 일도 될 것이다.

2012년 3월 경칩날, 문사원에서

저자 삼가

목차

제 2 부

꽃 지 는 소 리

제 4 부

그 리 워 길 을 묻 는 풍 경 화

제 5 부

시 체 포 하 기

제1부

전라도 동백에는

──────────────바람개비처럼

묻지 않아도 다가오는
황혼은 언제나 아름다웠다

바람의 안내는
가슴을 적시는 일이 고작이었지만
내가 갈 수 없는 세상의 저편엔
호기심의 무지개가 풍경을 만들고
여전히 바람개비는 돌고 있는데

돌아보는 일보다 앞장선
푸름에 보조를 맞추는 일이
맹세보다 굳은 의무였지만
어지럽게 돌아가는 세상에서
홀로된 것 같은 그림자만 따라오는

내가 만났던 사람들은 시나브로

어느 순간 소식 없음이 익숙한
목마른 갈증을 앞에 놓고
서성이는 흔들림
허무는 점차 입을 벌리고
먼 곳은 여전히 희미함이
익숙해지는 것 같다

2011.2.10.

풍경유감

추운 삼동을 견디고 견뎌 어느새
봄기운이 어깨에 내려온 날
친구의 소식이 궁금해 전화를 돌리니
쿨럭이는 감기에 얇은 목청
서러움 같은 눈물이 왔어도
모른 체 돌아서니 자꾸
그리운 그림자가 앞장선다

딱히 갈 곳도 없는 길에 서니
여전 찬바람이 가슴으로 파고드는
한 해를 살았다는
내 몫의 오후
어둠 쪽으로 눈을 돌리니
어제 온 반달이 웃음인지 울음인지
별들을 불러 모으는 시늉이 한참이다

___________________미궁

버리고 싶은 일이 많아
내려온 시골생활
버리기보다 오히려 주워 담으려는
욕망에 불이 켜지는 슬픔
다시 떠날까를 생각하는 날이면
허전이 옷깃을 잡는다
산이거나 개울물이거나
보이는 것마다 욕심으로 돌아눕는 일상이
가슴 조이게 하는 오늘은
두고 온 사람 내음이 돌아오는 길로
먼지를 일으키는 자동차 한 대
미궁으로 떠나는 소식도 그렇게
해답을 찾지 못하고
어긋난 길을 가고만 있다.

무제

바람은 일어나는 시늉으로
마실을 떠나면
꽁무니를 따라나선 내 몫의
보폭(步幅)에는 슬픈 이력이
그림자를 만들고
하늘의 구름은 언제나 한가로워도
따라갈 수없는 높이에서
내 캔버스의 바탕은
하늘을 담느라 힘겨워
청색의 여백위에 서있는 나무
희망이 깃발로 일어서는
하루의 중심에 나도 나무처럼
땅을 밟고 있을 뿐
망연함이 길다

————————————병에게

그를 만나고 돌아선 날
가슴엔 멍이 들었다
살아 온 일들이
작은 화면에 가득한
오후의 풍경에는 강물이 흐르고
언덕에 언덕을 오르는
할 말 없는 걸음들
신음이 갈래로 들어선 길은
여전히 희망을 낚시질하고
그래야하는 임무가 곁에 있어
절망조차 껴안고 잠이든 여정에는
흔들리는 바람도 함께 길을 걷고
절룩이는 친구는
여전히 내 곁을 지키는 임무에
땀을 흘리고 있으니

봄을 깨우는 소리는 어디서 오는가

어둠은 빛의 완결자
땅에서 소리가 들린다
얼음과 눈보라의 굳은 표정에서도
어떻게 오는 소리인가
여전히 무리지는 아우성에 내 마음은
흔들리는 일이 모두인데
꽃은 어디서 오는지 바람은
말이 없어도
불룩이는 가지마다 열리는 문
빅뱅의 이론인가
텅 빈 머릿속에 다가오는
소리의 얼굴. 나는 지금
비어있음이 고작일 뿐
할 말이 없어..

말

말을 먹고 말을 뱉으며
하루는 그렇게 간다
그러나 뱉는 일보다는
먹는 일에 열성일 때 다시
말은 몸집을 불린다
더러 말은 항상
떠도는 유영에 이골 난 표정
가슴을 두드리는 일에 쉽게
문을 열어 주어서는
먹힌다
가둬둬야 하는데...

─────시 쓰기 그리고 살아가기

내 칠십 평생을
사는 것이 무엇인가에 매달려
세끼의 밥을 축내면서 살았지만
여전히 입구에도 들어가지 못한
우둔이 부끄럽다. 들어갈수록
거기가 거기처럼 헤아릴 길 없는
마침내 미궁을 마주하고
한숨만이 내 몫으로 돌아오는
잘난 사람의 강의를 듣기도 했고
지쳐 기다림에 머문 어디쯤
술에 취해 비틀거리는 걸음에서도
묻어가는 인생의 파랑(波浪)은 거세었지만
해답은 허무에 빠진 바람소리
돌아보니 어둡고
앞을 보니 더 어둡고

시 쓰기나 살아가기나 모두
헷갈리는 일에 고개 숙이는 일이
어제와 다름이 없는
오늘은......

앞을 보면

한숨이 난다. 앞을 보면
망망(茫茫)으로 열려진 길에서
어디로 갈까를 생각하는 오늘
지난 이름들이 그리워지는
매듭을 남겨둔 일들이 슬퍼지고
다시 갈 수없는 아픔이 쓰라려
펴 보이지 못한 사랑 그 여백에서 돌아오는
아, 봄은 그렇게 대답을 주었건만
고개끄덕이다 놓쳐버린 무지의 긴 그림자
지금은 슬퍼서 외롭고
미처 알지 못했던 어둠 앞에
서성이는 길이 막막(寞寞)해서 더욱
처연한 이 노릇을....

──나는 무슨 의미로 서있는가

나는 무슨 의미로 서있는가
그림자 하나를 끌기에도 때로
힘겨운 신음이 무겁고
갈 곳이 많은 것 같아도
첫 발자국에서 길이 없어지는
망연함의 극치
날마다 떠들고 날마다
지워가는 발길 그 걸음 깊숙이
들어간 어둠의 이름 그러나
방황은 오히려 가벼웠네

내가 나를 알지 못하는 길에서
자식들은 저마다 낯설음을 익히면서
나와는 멀어지는 거리(距離)
그 거리에 바람이 술렁인다
기껏 고개를 돌리면서

돌아오기를 바라는 낯선 소망이
길거리를 배회하는
손짓을 하면서 아버지 그리고 아버지
그 모습에 지금도 서성이는 나는
무슨 의미로 홀로 서있는가.

────────────사랑에서는

어둠 깊은 어디쯤 그대 꿈을 보았네
파랑도 깊은 깊이 어룽진 그대 얼굴
오늘은 웃을까 다시 보는 이름인데
말없어 그리운 사랑이 부끄러워
말없어 그리워라 보고픈 추억이여

다시 보면 그리울까 펴보는 이름인데
다시 봐도 그대로라 어젠 듯 같은 모습
오늘은 눈을 뜰까 또 보는 모습인데
말없어 그리운 사랑이 깊어지는 일
다시금 바라보는 어제보다 오늘이여

환장 하겠네

너무 좋아 함께 죽고 싶은
그런 봄날 세상
눈이 어지러워 흔들리고
가슴조차 텅 비어
마음만 어정이는 심란
꽃들은 놀람에 미쳤는지
붉거나 노랑
하양도 끼겠다는 함성
할 말 없어 눈을 감노라니
코끝에 다가온 밀물
이 무슨 유혹인가 참말로
환장 하겠네

───────바람 탓이라네

어쩌면 좋을지 모르는
분주해라 봄날 동서남북이 없는
바쁜 눈에 보이지 않는 이
사연 들어줄 겨를이 없는
꽃들이 터지는 소리
바람 탓이네

들을 수 없어 외려 보이는
엎지른 물감의 번짐
세상이 하나로 다시 하나가
세상이 되는 캔버스에 풍경
눈이 멀어 서성이는 기쁨
모두 바람 탓이네

―――――――――――――――풍경

할미꽃 핀 언덕을 휘돌아
마음 설레어 마을에 이르니
꽃들은 이미 세상을 점령했고
잔치로 흥을 돋우는 불콰한 표정
무슨 놈의 술이 붉으락푸르락
그러다 노랑으로 주정하는, 더러
백색의 창백을 보노라니, 아
점령군이 아우성하는 광란 그래도
살맛나는 이유를 발견했네 무작정
좋은 걸 어쩌나

망연(茫然)

봄이 오면
서울 사는 친구들이 보고 싶다
아우성으로 몰려오는 꽃들
가슴 찌릿한 전율의 향기
혼자만 맛보는 사치인데
무얼 먹은들 그리고
무얼 바라본들 싱글싱글
풋풋이 넘치는 바람에서
말이 없어 좋은 시간
보고픈 사람들이 다가오는
봄은 그렇게 말하고 있는데
설사 혼자만 산다해도
고독을 모르는 바쁜
봄날의 전설에서 나는 다만
망연(茫然)함으로 고개를 돌린다

———————————————변명조

내가 사는 일은
아버지의 아버지의 계단을
타고 오르는 결국
도달하는 어디쯤
내 숨소리의 진원은
아득함도 깊어 어지럽다
정리만 할 줄 아는 공부가
쓸데없는 목록으로 돌아가는 날
아이들이 불쌍하다
키 재기로 살아온 시간들에
무슨 의미의 옷을 입힐까
허무만 크게 입을 벌리고 다가오는
줄 것이 없는 공허 앞에
서성이는 오늘은 내일로 돌아갈 골목
참담한 일기장의 후회를 말할 수가 없는데
구십 넘어 쓴 황금찬의 시집

『느티나무의 추억』을 받아 읽고
대파, 무, 상추를 심고 이것들에
물을 주는 일로 하루가 지나는
봄은 그렇게 나도 바쁜데

_______________나이

가벼운 옷 갈아입고
봄을 맞아들이는 오늘은
나이 들수록 부끄러운 세상살이
보고 싶은 친구가 생각나
멀리 문을 두드리니 시름겨운 목소리
무사(無事)는 자꾸 약을 달라하고
보폭이 좁아지는 일로
세상 넓어진다는 호소가
바람을 부르고 고독은
순서를 기다리며 대기 중이라는데
가까운 이름들이 자꾸만
멀어지는 노래를 생각하니
꽃들이 분주한 것 따라
그걸 꼬이는 날갯짓들이

오늘따라 달콤한가보다 나는
얼마쯤 더 살 수 있을까 그것이 궁금한
오늘의 숙제가 있다

소식

몸 안에서 자라는 근심의 키
날마다 물을 주면서 바라보는
마음 애타는 날이면
가도 가도 끝 모를 안개 깊었고
하나의 고개가 다시 또 하나로 이어지는
기다림은 너무 무겁고 힘든 나는
기어 흰 머리칼을 날리면서
겨운 시간에 기대고 있을 때
어쩌다 날아온 깃발에
엷은 웃음을 파묻기도 했고
저장 공간이 넓어 안타까운 배회
사는 일 신(辛)맛 이제 걱정을 접으려 하네
날아온 소식이 펄떡이는 오늘은
햇살 같은 소식이 문을 두드리는
기쁨 앞에 사랑은 숨 쉬고 있네

전라도 동백에는

전라도에 동백꽃 보러 갔더니
더러는 나무에서 웃어 피었고
땅에서는 울면서 피었는데
선운사 혹은 유달산이나 대흥사, 4월
동백꽃들을 보노라니 저린 가슴
빨강에서는 빨간 슬픔이
분홍에서는 연꽃 같은 웃음
흰빛에 너울을 뒤집어 쓴 파도는
바람이 아는 일이라 해도
봄날에 뿌려진 원성(怨聲)이 하도 깊어
한숨만 쉬다 돌아오고 말았네

──────────────── 소록도 바람

푸른 다리 건너
소록도 들어가는 바닷바람에는
겨울 같은 몸짓의 안스러운 슬픔
병이 깊어서 만이 아니었고
어찌할 수도 없는 막다른 발길로
바다에도 빠지지 못한 인생
수탄(愁嘆)*으로 갈라진 길 앞에서
바람조차 고개 숙이는
서성서성 꽃잎들
붉다 못해 서러움이 익었는지
바다는 출렁이면서도 꽃들 가까이 와서는
낯선 향기만을 남기고 어느새
사라지느라 정신이 없네 그렇게
모두들 가고 있을 뿐이었네

2011.4.29.

---

* 한센인과 그 자식들이 일정한 거리를 두고 만나는 소록도 입구에서의 슬픈 면회 장소.

제2부

꽃 지는 소리

_________________________나물맛

누구도 모를 거다 우리 집
풀숲에서 자라는 봄나물들 소리
더러는 아삭거리기도 하고
쌉싸름이 입안을 행구는 날이면
꽃들은 지쳐 잎을 만들고
저마다 바쁜 일이 순서로
돌아가는 각기 다른
소리와 향기 그리고
입안을 점령한 봄의 넓이를

5.1.

수탄교*

꽃들만 보고 살 것이라면
그것이 모두라면
극락인들 가지 않겠네
수탄(愁嘆)의 그 짧은 거리를
건너지 못해 울고 있는
자식들의 눈을 바로 볼 수 없는 외면
천형의 강물조차도 신들의 이름인 것을
가슴에 피는 그리움은 또 얼마나 길게
녹동항**을 건너는 바람에 시달렸을까

짧거나 아니면 길거나 슬픔은
방향조차 모르고 다가오는 맹목
다만 시간에 실려 가고 오는
어두움조차도 신들의 뜻이라는데

사랑을 몸부림하면서
작별은 끝내 눈물이 모두였으리
눈을 뜰 수는 없었으리

---

* 소록도 입구에 자식과 부모의 면회 장소.
** 소록도 건너편의 항구.

바람이 불면

바람이 불면
그대의 소망은 바람을 타고
이루어질 어딘가
정착의 집에 이름을 새기겠네
깊은 계곡이거나 언덕
높아 아득할지라도
희망으로 칠해진 약속
그 집 앞에 당도할 것이라네
마음을 열어 캔버스를 칠하는
봄날은 무작정 흔들리듯
가슴 한줄기 그리움뿐이었네만
여전히 문을 열어놓고
기다리는 바람의 줄기
태초의 음성조차 부끄러운 듯
꽃 앞에 마냥 서있는 일

하루를 건너는 무료일지라도
꽃이 되는 얼굴
바람이 불 때라야 알게 되는 일이네

허허당(虛虛堂)

허허(虛虛) 또 허어
비우고 다시 비워도
허허로구나
채울 것을 찾아 떠도는
그냥 바람일 뿐 마침내
갈 곳 모르고 서성이는
그림자의 초라함
이 또한
허허의 옷 한 벌
버릴 곳을 찾는다

꽃에게 묻다

꽃에게 묻는다. 오늘은
무슨 이유로 향기를 앞세워
저녁노을 떠도는
길을 가로막고
골목길조차 비켜주지 않는지
기다리는 사람 돌아오는 길에
방향 잃어 먼 길 행여
눈먼 향기에 끌려갈까
저어스런 마음 애졸아
아프게 바람에 떠돈다

봄날의 환타지

하얀, 빨간, 노랑꽃들이
극성이더니 어느 날
비바람 한 자락에 홀연 사라지고
푸른 이름으로 통일하는 캔버스에
눈이 멀었다 그러나
이 변절의 판세 앞에 기다림은
눈을 감고 싶은 한낮
즐거운 패러디에 나무들은
푸른 이유를 정말 모르느냐고
나를 미치게 다그치는데
해답 모르는 무지에
변명이 긴 강(江)일 뿐
모르겠다. 정말
모르겠다.
어쩔래

뻐꾸기 우는 아침은

뻐꾸기 우는 아침은

무거워라 푸른 이름이

세상을 뒤덮었으니 메아리조차

구르며 손짓하는 머언 마을

밥 짓는 일조차 연기 없는 요즘

찰랑이는 논에는 하늘을 담고

구름은 거기서 자맥질이 즐거운 듯

가고 오는 오늘은

뻐꾸기가 흔드는 메아리에는

웃음인지 울음인지

연신 떠들어도

슬픈 일인지는 모르겠는데

꽃들조차 시끄러워

눈을 감을 것 같네

실 비 내리는 날
뻐꾹새는 잦은 목청에
금이 가는 듯
산울림 흐린 비에 다시 젖고
마당에 툭 툭 떨어지는
꽃 지는 소리
무너지듯 애달픈 가슴
바람은 숨죽이며 나무 끝에
슬픔으로 배회하네

생각나는 사람 있어
마음 출렁이는 그리운 소식
오늘도 머온 길 다시 아득해도
꽃 지는 소리에 울고만 싶어
흐린 날은 다시 젖어지는데
왜목련 가지 끝 매달린 향기는

마을을 서성이며 그리운 소식
어디쯤 오고 있는지
묻고 있어 분주한 방황
누구도 알지 못해 입 다물고
다시 툭툭 지는 꽃의 아픔
가슴만 울렁이는데…

─────가슴이 비어있는 날은

가슴이 비어있는 날은
꽃들조차 숨죽이는 들길
어정이는 햇살이 그림자를 끌고
작별 앞에 선 모습이 긴 --데
사랑은 여전히 간 곳을 모르고
두리번거리는 아득함 이젠
계산서의 목록에 슬픔이 적히네

묻지 못해 남겨진 후회
가슴에서는 헐렁한 소리가
연신 어긋난 이름을 부르느라
목쉰 그리움으로 절룩이는 오늘
기다림을 심는 나무그루아래
추억을 기다리는 지금은
슬픔조차 이유 없는 강물

텅 비어 있음을 말로는
설명이 아득하게 깊어
아슬하구나

──────그대를 보내는 날은

가슴에 비가 내렸다. 손 흔들고 끝내
따라 간 소문, 그대를 보내는 날은
마음이 무거워 내려놓을 곳을 찾는
나무 끝에 바람은 바쁘게
길을 떠나는데 그림자로 서성이는
마음 하나를 다스리지 못하는
저문 날에 그대는 어디 있을까

기도가 필요하다면 하늘 깊이
정갈한 마음으로 올리는 소원
슬픔도 강물이 되는데
꽃지는 숲에서 가슴 저린 가락으로
흔들리는 이유만 계산하는
어딘지 모르는 길로 터벅이는
사랑도 그렇게 허전을 메우기 위해
가슴을 열어놓았는데

누군가를 기다리는 그리움은
저문 날의 언덕에서
돌아오기를 바라는 눈에
푸른 물이 흐르고만 있네

혼자 있는 날

아내가 서울 가고
혼자 있는 날
무료조차 대문 앞을 버정이고
나뭇잎에 걸리는 바람에서는
늙어도 그리운 이유가 팔랑이는데
저물어 마침내 저물어도
서성이는 그림자만 홀로
황혼을 마중하는
별이 뜨네

이제쯤은 끝날 터라
서투른 계산에 엇나간 기다림
고개를 넘어도 몇 고비에서
혼자 먹은 밥알이 뒹구는 소리
입맛조차 어디로 가고
마음 졸이는 두 눈에

할 말 없는 내 그리움은 새삼
날이 선 듯 쌓아지는데 이도
잠시 잠깐이면 사라지는
늙어 철없는 이 노릇
젊어 몰랐던 숙제가
무작정 몰려와 내 앞에
우뚝 서있네

서울에는 태풍이 온다고
호들갑 아나운서의 목소리가
땀에 젖었는데 시골에서
무우(霧雨)를 바라보는 먼 산
세상과는 떨어진 나그네인데
연우(煙雨)사이로 놀러온
여우 장가가는 소식인가
물기 젖은 꽃 사이로 날으는
나비 한 마리가
아나운서의 말을 무시하고도
잘도 날고 있다. 다른 세상
줄 세우지 말라는 듯

파도를 보고 온 날은

파도를 보고 온 날은
잠을 이룰 수가 없다
흔들리는 것도 그러려니와
푸른 소식을 알아듣지 못한
미지의 손짓 때문에 오히려
비어 있어 황량한 파도만
가슴에 남았다 다시 돌려보낼 수 없는
길은 끝내 어딘가에서 돌아오고
하늘만 배회하는 파도의 이야기
갈매기 두리번거리는 나래에
하늘은 푸른 이름을 쓰느라
잠을 이루지 못하고 있는데 나는 왜
전염의 병을 앓아야 하는가

________________________허기

내 평생은 허기를 채우는 일이
일과였다. 산을 오르거나
강을 건너거나
다가오는 그림자 앞에
할 말이 없는 다만 채우는 일이
모두이자 임무였다. 얼마나 가득
채울 수 있을까 무거운 어둠에서
헤어 나올 수없는 걱정은 항상
배고픔과 키가 같았고
죽는 날에도 숟가락을 들고 있어
텅 빈 머리에 바람이 지날 것이니
산에 이른 날이면 나는
무엇을 했다고 고백을 할까
이 또한 허기의 구멍만 클 뿐이다.

오만(傲慢)

십만보다 오만이 더 가볍다 그러나
오만이 따라오면 십만은 기를 죽이고
더러는 고개를 숙이는
역전 때로는
오만의 성주가 되어
십만을 내려다보면서
외롭게 살고 싶다

_______________________ 제자

석가나 공자 예수는 10여명
제자를 거느리고도
긴 행렬을 이루면서 화려한데
나는 수 십 년 선생 노릇에
제자 한 명도 없는
아, 황량하다. 그렇다고
부질없는 노릇, 억지로
다발 다발 굴비 엮는 일도 저물어
갈 곳이 없는데
소리 내면서 흐르는 산골 물 따라
유람천리나 하고픈데
날은 기어 황혼을 몰고 오네

아침

아침에 새소리로
세수를 하면 하늘은
푸른 이름을 쓰고
살아서 출렁이는 나무들
바람조차 시원스레 달려가는
보리밭 파랑(波浪) 수채화
초록으로 무거운 세상
가벼운 마음으로 갈아입은
옷 한 벌에
떠나는 일로 들썩이는 여정
화려해서 오히려 슬픈
여름 한 날의 푸른 스케치
마음이 젖었다

———————————————————— 그림자

일어나면 그림자 하나가 나를 따른다
나가면 따라오는 그리고
집에 들어오면 들어오는 충실함으로
나와 동반의 길을 걷는 일상
어둠이 오면 촛불 하나를 켠다. 하면
하나의 그림자가 내 행동을 모방하고
또 둘의 촛불을 켜면 두 개의 그림자
다시 셋의 촛불을 켜면 어김없이
세 개의 영상이 서로 따로 논다
심심하여 하나를 더 첨가하면 넷
다시 다섯, 여섯, 일곱 ....열 까지를 셈하고 돌아보면
열 개가 각기 행동하는 나는
신이 된다
이 오랜 꿈의 달성에서 마침내
내일 아침이면 나는 천수관음의 손끝처럼
기도가 신도를 모을 것이다. 드디어 내 소망은

으리으리한 건물을 짓고 끝모를 주문으로 욕망을 채
우려는
무슨 사도(목사나 승려)라는 이름을 붙여 탑을 쌓고
신비를 조장하는 드디어 신이 되었다. 맹목이 맹목을
부르는
합창에서 벗어날 수없는 그림자의 요술 그러나
내 어버이의 그림자를 보고 싶은 오늘은
나무 끝에 걸린 바람을 보고 울고 있다. 나는
울고만 있을 뿐이다

──────잊었다 그리고 잃었다

잊었다와 잃었다에 강이 흐르고
돌아가는 길이 흐리다 서울에서 내려온
시골생활 이곳도 나그네
다시 인연을 주워 담으려
서울에 가면 그곳도 나그네
끝도 없이 불빛은 질척거리고
소음은 아우성이 본능인지
꽉 막힌 골목에 바람이 없다. 이저집
벌거벗은 T.V에 빠진 시선들
허무처럼 소란을 키우는
잠들지 못하는 수면
서울을 잊었고 다시 잃었다 결국
돌아오는 눈에 떠도는 방황의 발길
이름도 없는 밤하늘만 바라보면서
그리운 추억에 주소를 붙이고 있다.

──────────────독거노인

외손녀 뒤치다꺼리로 서울 가고
돌아올 약속이 먼 아내
혼자 앉아있는 시간은
말을 잊어가는 일이 두렵다
내 이름표에 독거노인의 팻말이
걸려있는 시름겨운 명찰
책을 읽는 것도, 글을 쓰는 것도
때로는 무료한 적막 앞에
두려운 비가 내린다. T.V를 켜면
히히덕거리는 젊은 애들의 치기(稚氣)에
리모컨을 던지고, 음악을 틀어도
소란스러운 광고 세상 나는 점차
낯선 이방의 땅으로 떠나는 뱃길에
물어야 할 목적지가 아득한데 이내
다가온 시장끼 앞에 씁쓸한 식욕
국어사전을 뒤적거리면서 고독을

물어보지만 설명이 곤궁한 미로
말을 찾아 푸른 하늘로
길을 만들어야 한다

'11.7.27.

제3부

오는 향기를 가로막지 말라

말없음표

말없음표의 간판을 들고
서성이는 일이 고작인 하루
말로 사는 세상에서
밀려난 허무의 키
황혼을 들고 찾아온 하루에
머뭇거리는 일은
어김없이 불면의 터널이 긴데
바다는 파도를 키우지만, 바다로 가는
파도는 길을 묻지 않는 이치를
배우고 싶은 희망이
출항을 기다리고 있다

'11.8.2.

농약

서울에서 중부고속도로를 타고
서이천에서 42번국도 들어가면
도드람산이 울음을 우는 마을을 지나
내 집에 이르는 길은 구불구불
그날이 그날로 서있는 나무들과 만난다
비온 다음날은 어김없이 농약을 치는
뒷집 농부의 배, 복숭아는
농약을 먹고 잘도 크는 과일들에
햇살은 놀란다. 무조건 크게 만들려는
욕망의 그림자가 두렵지만
농약으로 목욕하는 싱싱하고
푸른 나무들의 모습이 오늘따라 초라한데
가슴에 스미는 눈물길로 가는 바람이
서성서성 키를 흔들고 있네

깃발

오래 살았던 서울에 갔지요
휘황한 불빛과 소음이 잠자리로 기어들어오는
긴 밤을 지세우고
도망치듯 시골로 오니 그림자는 여전히
나를 따라와 문 앞에 이르렀지만
딸의 아이를 돌보는 아내의 젖은 음성
목에 걸려 울컥거리는 작별 지금은
돌아보는 고독이 키를 가리키는데
사는 일이 점차 어두워지듯 빨라지는
가슴에 고인 물이 흐르는 소리가 들리네
살 만큼 살았다는 이유 하나로
돌아보는 일마다 그리움이 눈물샘에 빠지는
철없어도 노스텔지어아의 깃발은 여전
아름다움 앞에 울고 싶은 가락 한 소절
날은 다시 저물어가고 있네
유성(流星) 한 줄기 어뜻 지나가는

어둠에서 찾아보는 한 페이지의 허망
홀로 돌아가는 먼먼 여정의 그림자
지워지듯 사라지는 깃발에
바람 한 자락이 서서히 묻히고 있는
막(幕)이 다한 전설이 돌아가고 있네

그리움의 그림자

어머니 가슴이 그리운 날은
그리움이 숨을 곳이 없는
망망한 허허의 산맥아래
황혼에 맡겨진 노래조차 물기에 젖어
어딘지 모르는
아, 사는 일 아직도 모르는
헤아림 없는 무작정의 일조차
오늘따라 부풀어 오르는데
희망 하나 이름을 부르면서
흔들리는 파도를 타고 있는데
어머니의 따스함을 여전 못 잊는
철없는 아들을 용서하소서

저 빛나는 햇살 아래

넘치듯 반짝이는
풀잎 위에 모습을 보라
고개를 젓는 어깨너머로
세상 모든 것들이
아름다움에 취하는 오늘은
그리움도 숨느라 바쁜데
바람조차 흥겨워 몸을 흔드는
나무들 줄지어 선 행렬 사이로
들리는 소리가 있네

졸음도 달아난 오후
살아있어 넉넉한
두 눈으로 들어오는 선연한 자취
할 말이 없어 하늘을 담았을 뿐인데
내 사는 일은 가슴 가득함이네, 설혹

햇살아래 반짝이는 의미를 모를지라도
나는 지금 살아있어
행복한 표정이네

―――――――――시 쓰는 날은

세상의 고통이 모아들더니
한 고개 넘어
작은 꽃 하나를 만나 웃었고
다시 고개를 넘느라 아픈 다리
쉬는 풀섶, 작은 풀꽃 앙징한 향기는
장미보다도 더 깊은 속내를 보여주네
가는 길 이렇듯 고통 지나
다시 그 고통에서 싹트는
운명의 향기를 알기까지는
멀고 먼 여정일지라도
한 줄기 향기를 만나 행복해지는
고난의 물살은 어느새 푸른 강
하늘도 거기 떠있다네

─────지금, 나는 울고 싶은데

얼마를 달려가면
그대 얼굴
바라만 보는 것으로도 행복해지는
바람은 불어올 것인가
지금, 나는 울고 싶은데
슬픔조차 강물로 흐르느라
시간이 없는 아득한 다리
잡을 것이 없는 허무가 높네

얼마를 달려가면
만나고 싶어서 깊어진 물살
여백으로 담겨진 마지막까지
쳐다보느라 눈이 멀어도
기다림을 심고 다시
기다리는 일로

그대 이름 앞에 나서는
그 당당함에
울고 싶은 이유가 사라질 것인가

오는 향기를
가로막지 말라

어디서나 길은 그대를 향하지만
오는 향기를 가로막지 말라, 이제도
얼마나 열려진 마음으로 그대
바람을 기다리는가
바보처럼 살고, 미치게 일하는
오늘은, 바람 한 자락을 타고
길을 떠나고 싶다. 무작정
떠돌아 머물 줄 모르는 향기
지난밤에 만났던 꿈이 허무처럼
사라진 아침의 슬픔
지워진 풍경에 가슴 아파도
기억을 두드리는 소리를 위해
정갈한 마음만을 가슴에 담노니
돌아오는 향기를 손짓으로도
가로막지 말라

그대 그리고 나

어디까지 갈 수 있을까. 우리는
시름겨운 날들이 접어지는
강물은 유유히 흐르는데
가아만 하는 날들의 어깨에 얹힌
바람조차 흔들리는 지금은
생각 다듬으며 떠나는 일이
가슴 가득한 이름에는
호소보다도 깊은 추억들
저마다 펄럭이는 깃발이 되어
세상으로 향하는 노스탈지아
오늘은 살아있음에 사랑을
실어 보내고 싶은 소망
그대여, 나의 생각에 나래를
달아줄 수는 없을까. 하면

창궁(蒼穹)은 푸름에 익어
부끄러움 감추는 표정을
무슨 색깔로 그림을 그릴까

——————— 그리운 사람은
길을 헤매지 않는다

마음에서 사는
그리운 사람은 길을
헤매지 않는다. 사랑보다 깊은
기다림이 불을 켜고 항상
머온 길 밝히는 아득함이
가슴에서는 따스하기에
두 눈으로 오는 소리조차
그리움의 강은 빛나는 이름이네

마음에서 사는
내 여인의 자취는, 바람
길에서도 빛나기에
서러움 같은 물길을 만들면서도
머물 줄 모르는 손짓

머온 길에 자박거리는 소리조차
두 눈으로 젖어드는 하냥
미소 같은 이름이네

부끄럼 없이 살아온 길에
그림자 진다. 붉은빛 서녘은
하루를 마치는 장엄한 의식에
눈물길을 감추오고
다가온 어둠조차 따스 하온 데
불을 켜야 하리, 마음자리 넓히고
둘러 앉은자리 돌아온 가장은
조을음에 하루가 익는데
도시 내음을 끌어다
밥상에 앉히는 입맛 그래도
고추 애호박 넣은
따스한 토장국에 오르는 김발
편히 두 다리를 뻗고 도란거리는
불빛은 그때사 빛을 감추느라
부끄러워도 밤은 이제 막
별들을 불러 안부를 묻고 있네

───슬픔의 자취로 흔들리는

어쩌면 나는 물오른 나무 꼭대기
슬픔의 자취로 흔들리는 깃발
서걱거리는 소리에 갈 길 모르는
나그네의 행색. 가을은 왔는데
하늘조차 변해야 사는 듯
푸른 기운에 취하는 그 아슬함의 깊이
내 얼굴이 거기 담겨 있네

누군가 물 긷는 여인의 두레박에
담겨 담겨 전설로 이어질 추억
한 자락의 이야기는 아름다운데
몇 번의 세월이 이어지면
살아있어 소중한 가을 깃발은
가슴에서 살았다는 노래를 창궁(蒼穹)
푸른 나라에 이어줄 것인가. 지금은
기다림이 고작뿐이네

그림자 바라보기

푸른 점령군들이
퇴각을 준비하는 들판
가을은 입성(入城)을 위해
바람보다 먼저
풀버레의 소식을 보냈네
여름날의 약속을
미처 완성치 못하여
단맛을 모으는 나무 위 햇살의
바쁜 걸음도 어제와는 다른데
큰길을 가로지르는 한 대의 자동차는
어딜 가는 걸까. 머언 산은
웃는 듯 낮은 음성으로
부르는 것 같은 오후는
이별을 채색하느라 여전히

불타오르는 표정인데, 나는
망연스레 그림자와 서있는
풍경화

──────────────가을 선풍기

뒤로 물러나면 누군들
울고 싶은 마음 하나
길을 내는데
땀 흘린 여름을 보내고
뒤로 앉은 그대
분주한 날개에 얹힌
푸른 추억
가을 길이 웃고 있어도
돌아갈 수없는
슬픔의 기억들
아슬랑 아슬랑 떠도는
작별조차 말을
꺼낼 수가 없네

우리가 강이었으면

우리가 강이었으면
흐르는 어디쯤
만날 수 있었을 터인데
돌아보는 일이 멀어진 이젠
절룩이는 내 그리움은
황혼에 걸리는
푸른 수채화

바라보아 아슴한
이름하나로 살아온
하늘은 끝내 먼 산을
구름으로 가리는데
다시 하나로 다가선
그대는 내 가슴에 사는
푸른 얼굴

우리가 강이었으면
우리가 강이라면
흐르는 물살에
보내는 것으로
마음 바친 사랑, 거기
윤나는 이름이었네

꽃이 진다고 울음을 우랴

꽃이 진다고 울음을 우랴
언젠가는
돌아오는 열매
숨소리 담긴 우주가
어둠의 커텐을 치고
기다림 먼 산을 넘을 때 까지
사랑은 거기 꿈꾸고 있는데

바다를 그리는 강물은
작은 오솔 계곡을 돌아
하늘 깊이에 이르는
소리의 여정(旅程)을 따르면
어느 날 느닷없이 다가온
반가운 이름, 우뚝 선 채로
놀람은 가슴조차 멈추게 하려나

배반

누구나 배반 앞에서는 당황한다
그러나 그 배반의 깊이를 알고 난 후엔
슬퍼진다. 한 때는 높이로 올랐던 존경이
한마디 말도 없이 사리진 바람
가을은 창망(滄茫)스레 푸른 하늘
마음에 차운 강물이 흐른다. 사는 일이
몇 번 배반의 언덕을 넘어야
이름 좋은 땅에 웃는 사람의 꿈
조용한 이름을 찾을 수 있을까

──────────이름을 지우면서

어느 봄날에 화사하게 날아오더니
푸른 옷자락이 날리는 날
속절없이 차갑게 돌아 서네
불씨를 헤집으며 찾아본들 이젠
바이없는 가락 하나
허공에 포물선을 그리면서 재촉하는
허무조차 긴 그림자일 뿐인데
믿었던 사람 돌아서는 길이 넓어
산등성이는 여전 황혼을 채색하느라
무심도 흔들리는 손짓이네

이별은 언제나 눈물보다 앞서가지만
사랑했기에 깊어진 그리움은
길을 몰라 서성 서성이는
어차피 지워져야할 운명 앞에
남겨진 이름을 파묻으며

돌아보는 바람만 서늘 하온 길
어디쯤 가다 돌아보는 그런
추억은 아름다울 것인가

잘 가거라, 이별이여

누군들 이별 앞에 흔들리는 마음을
붙잡고 싶은 마음이 없을까만
돌아서는 이름으로 멀어진 그림자
호소로 얼룩진 가락이 땅에, 땅에
무참히 딩굴고 있네, 등성이를 넘어
다시 산등성이를 넘어 갈 때 쯤
목울대 다듬어 불러보지만 이미
돌아선 이름은 멀어진 메아리일 뿐
허공은 넓이를 채우느라 핏빛 너울
파도는 그렇게 가슴으로 파고드는데
잘 가거라, 나의 이별이여
철없는 그리움조차, 나의 그리움조차
그렇게 떠나가고 있네

─────────그대, 울고 있으리

아침이 붉은 색으로 이름을 쓰거나
황혼이 채색으로 넘어가거나 설사
보름달이 별과 함께 온다 해도
이름으로 만난 기억들이 다가 올 때
눈물 같은 강물은 가슴에서
흐르는 곳을 몰라, 갈 곳을 몰라
방황하고 있네

설혹 머언 산등성이
하늘 푸름에 취해 비를 몰아온다 해도
끝내 지울 수 없어 안타까운
생각의 줄기줄기
사랑했기에 여백에 가득한
한 다발 꽃 같은 모습을 다시
만날 길 없어 헤매는 날이면

풀지 못한 숙제 앞에 그대 아직도
울고 있으리 그대 끝내
울고 있으리

제4부

그리워 길을 묻는 풍경화

──사랑은 어떻게 해야 하는가

알려 주세요,사랑은
어떻게 하면 됩니까. 무조건
물러나 기다리면 사랑은 옵니까. 이도
아니면 앞으로 다가가면
푸른 웃음처럼 가까이, 정말 사랑은
가까이 옵니까
알 수없는 머온 거리 아득할지라도
해 기우는 날들의 허리에 얹혀
바라보는 일이 점차 스러지는 어스름
이젠 어둠이 짙어 골목조차 묻힌
소망은 점차 하늘로 눈을 돌리는데
사랑은 정말 어찌해야
밝은 불을 켜고 옵니까

'11.9.27.

─────────가을날의 환타지

세상 모두 바삐 돌아가는 길이라지만
한동안 머물렀던 내 곁의 온기들
떠난다는 기별도 없이 바람에 실리는
언덕은 항상 우두거니 앉아있는 데
바라보는 두 눈에 가득해지는 들판
물드는 햇살이 등 뒤에 눕는
따스해라 사랑이여
또한 그리움이여
간다해도 다시 오는 언덕엔
기다림조차 물이 들겠지만
가을 소식은
스치는 바람 속에서
마냥 웃고만 있을 것이려는 듯, 망연함이
운명인 것 같아

길을 찾지 못하고 있는 오늘은
무슨 글을 써야만 하는가
붓방아가 고작이네

──────가슴에 불을 켜야겠네

여름이 바삐 물러나고
성급함으로 계절이 다가올 때
하늘조차 푸른 이름에 지쳐
정신없는 광경을 죽주산성 돌 무리에서
내려다보는 가을은
풀잎들의 시름겨운 모양을 남겨두고
아우성처럼 들판으로 가버리는
마음이 차가운 데
어둠에게 길을 물으면서
멀리 돌아가는 사람들을 위해
가슴에 환한 불을 켜야겠네
기다림 심는 나무를
키워야 겠네

놀라운 일

젊음에 미래가 없는 일은
놀라운 일이다. 많이 배울수록
비뚤어진 잣대 또한 그렇고
심지어 신을 받드는 자의 옷자락에 증오의 혀로
날름거리는 설교 앞에 가난하고
가엾은 사람들의 우왕좌왕을 어찌할까
이 끝 모를 흐름 앞에 시름겨운
소망조차 부끄럽다. 엇나가는 비탈길에
나갈 길이 흔들리는 내일. 하냥 부끄럽다
다시 부끄럽다. 보수와 진보조차 언젠가 들었던
이념의 말들과 다름없는 되풀이에 어지럼도 없는
아, 대한민국 그래도 잘사는 그리고
잘 먹고 살찌는 아우성이 오히려
더욱 부끄럽다. 가난할수록 나라를 위한

헌신이 앞장선 백성
무너지지 말지어다. 제발 무너지지 말고
오, 대한민국을 합창하게 도와주소서

가을 햇살아래

넘치는 것도 한참 지나면
그리워지듯, 옷깃을
여미는 때가 되면
등 뒤에 다가온 햇살조차
사랑으로 느껴지는 온기, 지금은
가을도 입구를 한참 지나
나뭇잎에 다가온 소식
슬픔처럼 메아리를 그리는데
기다림이 멀리 있어
귀를 열어 들으려는데
가물거리는 노래가 슬픔보다 깊은
이 어눌한 병때문에
마음 갈래로 다가오는 소식들
흔들리는 이름으로 문 앞에 서있는
뉘신가 그대
가을햇살 아니신가?

바보처럼 살고, 미치게 일하는 날은

바보처럼 살고
미치게 일한 날
싸움꾼처럼 글을 쓰고
마침내는 지쳐 한 잔에
목을 축이는 일상
쓰고, 쓰는 운명에 기다림을
문 앞에 세워놓는 이 일도
가물거리는 사물들
머언 날들의 어깨위로
아침을 딛고 일어서는
햇살 붉은 얼굴
어제와 다름없는
사는 일이 숙제라 믿는
무료한 진행형

섬

내가 섬이 되기로 한 날로부터

세상과 나와의 사이엔

파도로 가로 막힌

울렁이는 소리와

떨리는 고독

넘어야 할 높이에서

외로움이나 고독은

시이소를 타고

흔들리는 어지럼

몸으로 막아선 지금은

쿨럭이는 병조차

위안이 된다

그런 사람

설혹 젊은 날 철없어
빠져든 붉은 강물이었을지라도
나이 들어 헤어 나올 줄 모르는
그런 사람이 있다면 늙어도
시궁창에서 나오지 못하는
일그러진 얼굴
비판 없는 눈은 눈이 아니고
귀가 막혀 돌이 되는
모든 소리가 짖는 것 같은
무리가 되어 기승을 부리는
벌판에 황량으로 소리치는
이리떼들이 많다.

___ 세월, 그 깊이의 아슬함에는

고개 넘어
가고 싶던 곳
그곳에 이르면 이내
궁금한 다음고개
이어가는 길에서 길로
마음보다 먼저 가고 싶던 곳
언덕 몇을 넘으니 다시
하늘과 맞닿은 들길로 모두
어딘가로 가버리고
그리움만 커지는 하루 또한
그렇게 가고 있는데, 섣달 어름
편히 발 뻗고 바라보는 황혼은
말을 걸지 않고 저 혼자
무작정 가버리네

_________________________________ 과학

믿는 것을 과학이라 하고
믿지 않으면 버리는 습관
이걸 믿어도 될까
그거나 그거나 결국은
허무에 갇힌 이름인 걸
구분하는 어지럼

계단 오르기

하나씩 올라 거기 이르는 거나
하나 건너뛰어 목적지에 가는
둘의 차이는 착지에서 같은 데
목적과는 무슨 차이

깔끔과 덥수룩

둘이 있다
누가 더 오래 가는
결말이 될까

___________________푸른 서러움

어느새 긴 강을 건너
되돌아보는 걸까
아득함도 저물어
샛강으로 갈래진 미로(迷路)
가는 물길도 반짝이는데
그 길 파도에 출렁이던
추억의 이름, 이젠
따스함조차 안타까움이네

얼마를 더 사노라면
그대 앞에 이른 표정
손짓보다 아름다운 황혼의 풍경화로
살아날 수 있을까
길 몰라 흔들리는 먼 강물에
추억으로 눕는 낯익은 그리움

그러나 어쩌리
바라보아 그것이 다만
푸른 서러움인 것을

————김일성 그리고 김정일

손에 가득 물을 담았다. 그 기쁜 일 잠시
모두 어디로 갔는가 넘치게
넘치도록 담아보지만 마침내
돌아오는 대답은 짧은 외마디 비명

죽었다. 소란스러운 소리들
허공에서 아우성이더니 어느 날
꼬리를 남기지 않고 사라지는 여운
아쉬움 없는 질서인 것을 누가
누구를 위해 울어야 하는가 다만
눈물을 재촉하는 사람들의 표정

잘 가거라, 그냥 묻혀져 가는 길인 것을
착하고 옳은 일을 해야 할지니
욕망의 죄업을 하늘에서 갚아야 할지니
앞과 뒤가 다른 불행의 운명

시간은 그대를 잡아가는 빠른
발걸음일 뿐 다만
모래 한줌인 것을

─────────────── 요즘 술은

요즘 나의 술 먹기는 혼자다
건강을 생각하는 사람들의 신음이
그리도 많고, 드물게는 자동차....
때문... 때문을 접고 앉아 홀로
점차 술맛이 쓸쓸해지는 날
내가 들고 있는 맑은 소주잔엔
과거의 흔들림이 웃고 있어 아직
술맛에 전별(餞別)을 나누기엔
갈증이 도사리고 있는 아득한 골목
그림자의 추억으로 가고 싶어도
친구가 없는 그 길에 서성이는
낯선 방황의 여백, 오늘은
쓸쓸함이 키를 세우는 이유로
아내의 눈을 보며 소주잔을 찾는
손끝에 가벼운 전율, 고독이
깔리는 내 운명에 다가온

위안의 깃발을 들고 목울대 넘어가는
아, 파도소리 다시 푸른
파도소리

그리워 길을 묻는 풍경화

새해라 즐거운 사람들 얼굴인데 내가
사는 새해는 날마다 새롭다네
해는 어제처럼 같고 지는 황혼 또한
어제와 같아 사는 일만으로도 오늘은
새롭다네, 그리워 길을 묻는
푸른 풍경화 속에 그려지는 얼굴
그 것 하나만을 그리는 내 캔버스
새것도 아니고 낡은 것은 더 아닌
오는 것을 맞아들이는 거기 다만
오늘의 그림을 그리는 일이
모두일 뿐인데

————————————동행

우리 사랑 있어
강물은 빛나고
꿈이 있어 가슴
따스해지네

문을 두드리는
그대 나울거리는 걸음
바람처럼 다가온 이젠
기다림으로
책장을 넘기는 다시
살 오른 기억과
동행의 걸음인데

우리 그리움 모아
두꺼운 책
펼치는 순간마다

일렁이는 파랑(波浪)

가슴에 저장된 오로지

한마디 그 것

……

_______________________대답

요즘 '시의 표정이
왜 그리 서글픕니까'를 묻는
후배 앞에
내 고백은 슬프다
이유 없는 허전
할 말 없는
세월의 등마루에서
앞과 뒤를 돌아보는
그냥 눈물 같은 가락이
가슴으로 찾아오는 이유
그것뿐인데. 참말로
그것뿐인데

_______________________ 지우개

지워주십시오. 박박
지워주십시오. 소리 나게
지워주십시오. 살아가기 어렵고
힘겨워가 아닙니다. 멀어져가는
시간의 등위에 그대와
참으로 멀어지는 거리
그 아득함에 해답 없어
기다림의 나무 한 그루 그
그늘에 내리는
소슬함에 지워지는 이름을
잊지 못해서
차라리…….

쓰레기장 소묘

아파트 쓰레기장에
수필집, 시집, 문제집 등등
가슴 저린 흔적으로
시체처럼 누워있는
누군가의 영혼을 봅니다. 혹여
내 것도 있을까 흘끔거리며
지나는 발길 무겁고, 돌아오는 길
눈을 맞추지 못하는 외면
쓰레기장으로 가는 글쓰기의
초라한 부끄러움이 바람에
너울거리는 아픔입니다.

'12.1.17.

제5부

시 체포하기

―――――――――――――――안부

소한(小寒)지나도 추운 삼동(三冬)
내가 쓴 글들아
잘 있느냐, 누구의 서가에 꽂혀
감동의 이야기 빚으면 좋으련만
낙목한천 허허한 하늘아래
버려진 슬픔이라면, 그 죄
내 몫으로 돌아오는
길 잃은 서러움을
어찌할거나, 잠 못 드는 날이면
돌아 돌아 보고 싶은 일이사
하얀 그리움인데
오늘따라 묻고 싶은
안부가 길을 헤맨다

'12.1.18.

———————————————착각

어딜 가든 따라오는 이름
나를 좋아하나보다
얼마나 좋으면
강이나 산, 심지어
어둠조차 두려움 없이
쫓아오는 발길, 소리 없는
그림자의 표정
골목길을 휘돌아도
바람처럼 다가와
손길 내미는 온기에 취하면
가락으로 싣고가는 먼
여정의 파노라마 정말
나를 좋아해서 끝까지 따라오는
예리성(曳履聲)의 주인공
달아

————————————몰개성의 이론

파란 색이 오면 파랗게
흙탕이 오면 흙탕처럼
색색이 오면 그렇게
물이 드는 물

그대의 노래가 하늘에 퍼지면
그대의 음성으로 가득 찬
그대의 노래가 되고
내가 그대를 부르면 하늘은
그렇게 물이 드는 우리는
마침내 공기 속에 사는 일

찬물을 부어도 받아드리고
검은 물이 오면 검은 색이 되는
모든 걸 받아들여 자기를 주인으로 삼는
흙을 밟고 사는 우리

자기가 있어도 자기가 없는 듯 사는 그렇게
무지개 되는 가슴만으로
살아가는 이름 셋

속수무책

어머니
오늘은 속수무책을 배웁니다. 나이
종심(從心)을 넘었어도 억울함을 말로 할 수 없고
무지의 파도 앞에 젖어야 하는 날
흰 눈에 개가 짖습니다
눈이 내리니 개가 사람을 무는 일인지는 몰라도
사랑했던 사람들의 무거운 입에
침묵보다 무서운 마음의 줄기가 보입니다
사랑이 죄목이 되는 수도 있을 때, 말들은
가벼운 바람에 실려 갈 곳을 모르고
시름겨운 길에 미끄럼을 탑니다
어머니, 오늘은 정말
속수무책을 배우고 하늘을 봅니다
흰 눈을 맞습니다

————————————꼿꼿병

외롭다. 시골골골에
살아서만은 아니다
고독한 이름표를 받아들고
돌아보는 초라함도
아니다. 선택의 길에 사는
외길일 뿐, 그 길을
걸어야하는 노래 가락은 슬프나
가슴 오히려 편안하다. 이 병
술로 마시면 취할까

───하느님, 참 힘들겠습니다

전지전능 모르는 것이 없고
안 보이는 것도 없어
만사를 통달하는 하느님, 무작정
말을 참으시고 계시는 가슴
참 답답하시겠습니다. 영원한
침묵의 암호에 오늘도 우매한
인간들은 저마다 들어줄 소망의 목록을
무제한으로 발송하는데도 여전히
말없음표만을 손짓하는 하느님
말 좀 해주시지요. 간섭하고 따지고 분별하여
선을 그어주신다면 소란스런 세상 참 조용할
너무 쉬운 답안을 두고 침묵이 부채질하는
혼란을 모르실 일이 아닌데,
직무유기 아니신가요 때문에 당신을 팔아
말의 성찬(盛饌)을 벌리는 장사꾼들
영업실적이 화려한데도

벌을 감추신 하느님 이젠 일어나시어
간섭 좀 해 주십시오 내 말 꼭
들어 주십시오

___________________________추억

눈 내린 날은 마음조차 흰 눈에 덮이더니
햇살 내린 오후엔 버짐처럼 드문드문
점령 당한 아. 어린 시절
바리깡에 뜯긴 내 머리통 같은
여러 개의 섬을 만나노라니 외려
친근함이 서러운 추억인데
아까운 친구들 분주히 저마다 떠나고
못난 머리통을 햇살에 드러내놓고
강물 따라 건너는 나룻배
눈 내린 날의 오후 햇살은
추억을 불러내는 섬이 곳곳에
점 점으로 커지는 아쉬운 모양
마음을 붙잡고 갈 곳을 모르겠네

버커리 표정

어디쯤 있는가. 우리 작별은
해지나 어둠으로 오는 황혼이 비로소
색칠을 시작하는 즈음
아는 사람 하나 둘
고개 몇 개 쯤 넘어가는 그림자
살아온 날들이 다가와
어떻게 살았는가를 정리하는 음성조차
낯선 표정으로 맞아들이는
오늘은 겨울, 흰 눈이
슬픔으로 덮이는 가슴에
숨어있던 바람이 느닷없이 달려와
재촉하는 바쁜 걸음 잽싸게
문을 닫고 온기(溫氣) 찾아
체온을 녹이는 내 모습은

살아 있어 아름다움인데, 나는
여전히 기다림을 앞에 놓고
서성이는 버커리의 모습 같네

부엉이

추운 삼동
뒷동산에 부엉이 운다
별 총총 마음 총총(叢叢)인 데
밤길 더듬는 낮은 소리
부엉새 운다

토막잠을 물리고
별을 헤이노라니 추위에
눈만 뻐끔거리는 별 따라
섣달가고 정월 아쓱한 밤에
부엉이 혼자 운다

기다림

기다리면 오리라. 심어진
나무는 자라고 꽃이 피는 날 또한
다가오리니 오로지 문을 열어야 할
마음 갖고 살아가는 일이 앞서면
기다림은 푸른 깃발을 날리며
어느 순간 앞에 서리라

마음 줄기에 간직된 뜻
물 주고 정성을 바치면 가득해지는
언젠가의 약속을 믿고
살아 기다림은 큰 키를 휘적거리며
어느 때 만날 수 있으리니

사랑 위해 기다림을 심고 설혹
운명이 배반의 길을 안내하더라도
믿음 키우는 가락을 휘날리면

가슴 가득해지는 의미 앞에
환한 이름으로 사는 그대 마침내
도달한 소식에 환한 모습을 보리라

────────────────────────────────술술술

이슬을 마시고 참이슬처럼
살아가는 일을 헤아린다. 살수록
흐린 마음에 얼굴이 흔들리는
둥근 공간
그 여백에 들어있는 가장
정직한 것을 찾아 방황하는 비명들
오늘은 바람조차 흔들리는데
소식 없는 사람들 잘 있는지 다시
이슬을 채우노라니 그 소리가
심산유곡의 손짓인데 시는
쓸수록 길이 멀다 투정이고 여전히
별들의 수런거림이 바람에 내몰리는
겨울은 길을 잃었을지라도
깨끗함에 가슴적시는 일로 오늘은
살아있음을 찬물에 헹구고 다시
정신을 차리네

—————우리 어디쯤이면

우리 어디쯤이면 그대와
만나는 길이 하나로 이어진
그리움을 만날 수 있을까 지금
어긋난 길 철없이 흔들리는
지난 날들의 약속이 보이네, 하면
다시 무작정 가노라면 그대는
기다림의 그늘을 만들면서 편히 쉴
그림자 마주할 수 있을까
믿지 않음이 죄이지만 그 죄는
햇볕에 말려도 똑같은 이름으로 남는
오늘은 울어야 숙제도 다가오네
평생을 살아도 그것이 해답이 아닌 다만
의무에 지워진 짊이란 걸 알기까지는
험한 세월의 언덕이 알고 있을 뿐인가. 사랑은

사랑에 무딘 날들과 함께 그냥
가는 일이 전부일 뿐
할 말이 없는 이름을 부르고만 있네

────────────────종심(從心)

두보의 고래희(古來稀)*나
공자의 종심**에 이르니
보이는 것들 모두
하나 속에 들어있어
같은 표정이네
허겁스런 날들
돌아 간 뒷자리 남겨진
추억이 일어나면
바람은 그때사 지난 것들의
소식을 택배로 부쳐오는
모다 정다운 것들
사랑으로 깊이를 새기면
버릴 수 없어 돌아보아
함께 갈 걸음으로 셈하는
산 몇 앞자리에 흐린
안개 숲을 지나는 노래조차

그리움이 되는데 조바로운 노래
먼저 앞서는 이유를 모르겠네
더 가면 어딜까

────────────철없는 내 영혼

살아 몸과 눈은 쇠(衰)했으나
마음 청춘이 바람에 나부껴
넘어갈 페이지가 없어 서럽네
빈 몸에 돋아난 상처들 군데 군데
아우성처럼 무리지어 다가든
문은 항상 열려있어도 다가올 사람
소식 멀어 아득 하온 일, 할 수 없이
붙잡고 물어보는 먼 소식들
지금은 잘 있는지 궁금한데
흐르는 물과 구름 그리고 세월도
어깨동무로 넘어간 이름들과
이별로 흔들리는 일만 더욱
기승을 부리는 생각의 나무
키를 높이는 고독 바람에
흔들리며 서있을 뿐이네

봄맞이

입춘지나 봄 온다기 문을 열고
멀리 산을 보노라니
산은 어제와 다름없는 데
안개 흔들리는 이름으로
두리번 두리번 헤매는 일
어정버정 문을 열고 길에 서니
옷의 무게가 어제와는 완연 달라
찾고 다시 바라보아도
깊이로 아득한데, 어허라
꽃다지 노랑소식이 발밑에
먼저 와서 웃고 있누나

———— 노래가 가슴으로 오거든

나라있어 내가 있듯 내

나라를 위해

가슴을 바치리. 힘모아

갈래진 이념의 혼탁에 고개를 젓는

이기의 강물에 하늘을 띄우면

맑은 물로 마실 수 있을 편한 얼굴

먼 백년을 넘어갈 우리의 호흡

빛나는 이름으로 가슴을 채울 영광의 깃발

코리아의 나래

멈출 수없는 창공 드높이까지

내 어버이의 어버이가 묻혀

푸른 산이 된 나라

나를 묻어 우리를 키운다면

영광은 다시 땅에 뿌리내리고

단 열매가 자손에 전해 질

그런 이름 하나면 될 나라

비단으로 모두 감쌀 수 없다면
가난한 마음으로 구멍을 메울 수 있을
차라리 가난이야 빛나는 햇살이 아닐까
단군 할아버지가 높은 위엄으로
핏줄을 이어 이어 내려올 때
비바람은 언제나 흔들리는 산맥을
휘돌아 강을 이루면서 바다에
물을 채우고 바다는 다시 맑아서
빛나는 줄기를 찾아 오르는 길이 열리는
뱃길 멀리 퍼지는 파문을 알게 했네
사랑을 알고 가슴 따스해지는 사람들아
해 넘어갈 황혼에 이어 어둠을 먹고 다시
살아오는 여명의 빛은 우리가 간직한
불씨의 가슴만이니 항상 간직해야 할
마지막 약속의 징표일 것이라 우리
믿음의 산을 키우는 한줌의 흙으로

또다시 생명을 키우는 흙이 되리라
너와 나 그로하여 높아도 겸손을 앞에 놓고
꽃피우는 길에서 너와 나
다시 전해줄 길 넓어지는 영광을
잊지 말기로 하자
기억하기로 하자
사랑을 바치고 죽어갈 이름이 있다면
승리의 바퀴를 굴리어 높은 계단 더욱
높아지는 우리가 약속한 땅에 도달하여
마음 바쳐 사랑한 이름
내 나라의 심장에 소리를 듣고 깊이
잠이 드는 꿈을 기억하겠노라
사랑했기에 아름다움을 알았다고
자랑하는 내 자식의 자식의 행복을 지켰노라

말하는 메아리를 마음에 가득 품으리니 그대
여전히 땀 흘리는 임무가 멈출 수 없는 숙제
하나만을 가지고 가려한다.

─────────우리 꿈꾸는 날은

가벼웠으면 좋겠네. 우리
꿈꾸는 날은 그대와
맞이할 아름다운 햇살
빛나는 이유하나만으로도 행복해지는
날개에 바람을 싣고 먼 길 떠나는
노래, 푸른 이름으로 다가든 하늘조차
이유를 찾지 못해 서성이는 흰 구름들
꿈 부푸는 날이면 가벼운 바람타고
꽃들 곁을 떠나는 향기를 싣고
천천히 그렇게 떠났으면 좋겠네 그때사
늦잠으로 일어난 사랑은
허겁지겁 따라오느라 옷자락을 날릴 때
더불어 먼 길조차 가슴에서는
출렁이는 파도가 하나로 섞어지는
강물들의 무수한 전설을 기억하면서

우리 꿈꾸는 날은 사랑조차
하나가 된 무게 때문에
가벼웠으면 좋겠네

――――――――――――달관(達觀)

고래회에 이르러
알았습니다. 달관이
넓고, 무겁고, 힘겨운 것
하나로 묶어져 비로소
가벼운 이름이 되는 것
마음으로 다가올 때 시나 세상사
구분없이 들어 올려지는
한 줄기 뜻이 되는 것 그것을
알아 눈을 뜨니 석양은 바뻬
길을 찾고 있는 뒷자락에
웃음을 딸려 보냅니다

_____________________________ 고개

고개를 넘으려니 마음보다
빨리 가는 그림자
잡으려 재촉하니 더 빠른 속력
마음조차 나와 멀어지는
변명을 들으며 오늘도
살았다고 일기를 쓰네

넘어 넘어 다시 너머로 가는
허기로 다가오는 하루가 쌓이는 창고
들어오는 바람소리
봄은 그렇게 왔고 다시
쏜살같이 앞장서는 내 마음
허무가 그림자를 남기고 가버렸네

멈출 수 없어 조바로운 해는 여전
속도를 앞세우는 오후

따라가는 행렬에 치장된 만장
내 마음의 풍경엔 여전히 고된
작별이 손을 흔들고 사람들은
저마다 불을 켜고 있을 뿐
바삐 사는 일이 일상이구나

─────────────── 시(詩) 체포하기

내 평생 그놈을 잡으러
자벨경감처럼 살았지만 여직
눈과 코 윤곽도 파악 못한 무능
공무원이나 회사원이라면 이미
해고의 눈물과 마주했으련만 오늘도
현상 걸린 그를 찾으러,
로또 복권을 맞추는 일처럼
행운이 오기를 염원하면서
아침부터 밤까지 찾아 나섭니다
현란하게 변신하면서 감추고 숨어드는
그를 찾아 나선 발길은 멈춤이 없이
이 골목 저 골목을, 들이나 산 때로는
지나는 행인을 불심검문하는 날카로운 눈초리로
그의 그림자를 쫓는 혹은 잠복근무에
심지어 꿈속에서조차 추격전을 벌리지만
흔적만 남기고 사라지는 신출귀몰 앞에

아연실색 할지라도 언젠가 꼭 체포할 것이라는
결심으로 하루가 지나지만 밤이 오면 그는
자취도 없이 웃고 달아날 뿐입니다. 시민
여러분 도와주십시오. 신고해주십시오.*

'12.3.7.

오늘 향기를 가로막지 말라

초판 1쇄 인쇄일	2012년 5월 29일
초판 1쇄 발행일	2012년 5월 30일

지은이	채수영
펴낸이	정진이
출판이사	김성달
편집이사	박지연
책임편집	이원숙
본문편집	이하나 정유진
디자인	유정현 장정옥
마케팅	정찬용
영업관리	김정훈 권준기 정용현 천수정
인쇄처	월드문화사
펴낸곳	새미

등록일 2005 03 14 제25100-2009-8호
서울시 강동구 성내동 447-11 현영빌딩 2층
Tel 442-4623 Fax 442-4625
www.kookhak.co.kr
kookhak2001@hanmail.net

ISBN	978-89-5628-599-3 *03800
가격	9,000원

* 저자와의 협의하에 인지는 생략합니다.
새미는 국학자료원의 자회사입니다.
잘못된 책은 구입하신 곳에서 교환하여 드립니다.